二十首情诗与绝望的歌

[智] 巴勃罗·聂鲁达 ………… 著

李宗荣 ………… 译

 江苏凤凰文艺出版社

目录

女人的身体	002
光笼罩你	006
松树的庞大	010
早晨充满	014
所以你会听见	018
我记得你往日的样子	024
倚身在暮色里	028
白色的蜂	032
沉醉在松林中	038
我们甚至失去了	042
几乎在天空外	046
你的胸口已经足够	052

我以火的十字	056
每日你与宇宙的光	062
我喜欢你是寂静的	068
暮色中在我的天空里	074
沉思、缠绕的阴影	078
我在这里爱你	084
褐黄色的柔软女孩	090
今夜我可以写	094
绝望的歌	100

译者后记 爱是最温柔的暴动　　108

女人的身体

女人的身体，白色的山丘，
白色的大腿，
你像一个世界，弃降般躺着。
我粗犷的农夫的肉身掘入你，
并制造出从地底深处跃出的孩子。

我像隧道般孤单。众鸟飞离我，
夜以它毁灭般的侵袭笼罩我。
为了拯救我自己，我锻铸你成武器，
如我弓上之箭，弹弓上的石头。

但复仇的时刻降临，而我爱你。
皮肤的身体，苔藓的身体，

生命如此丰富，以致花朵枯萎，而且充满哀伤。

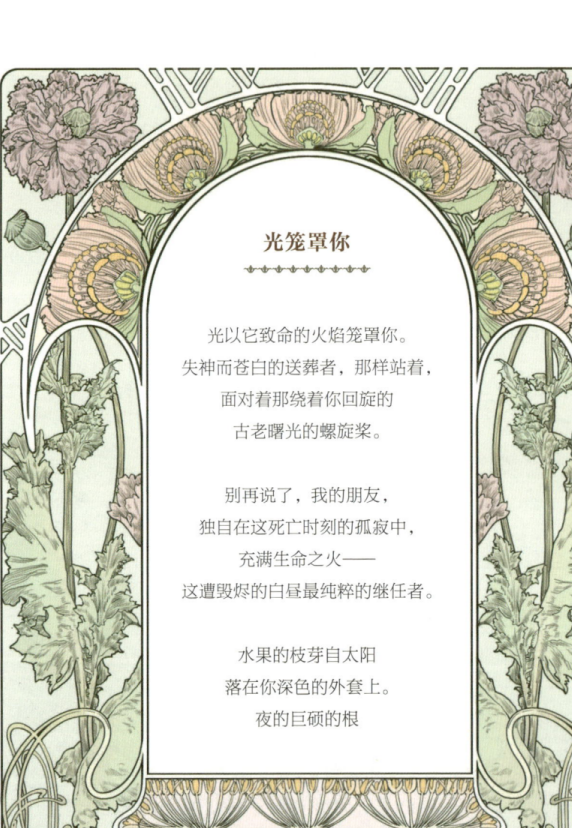

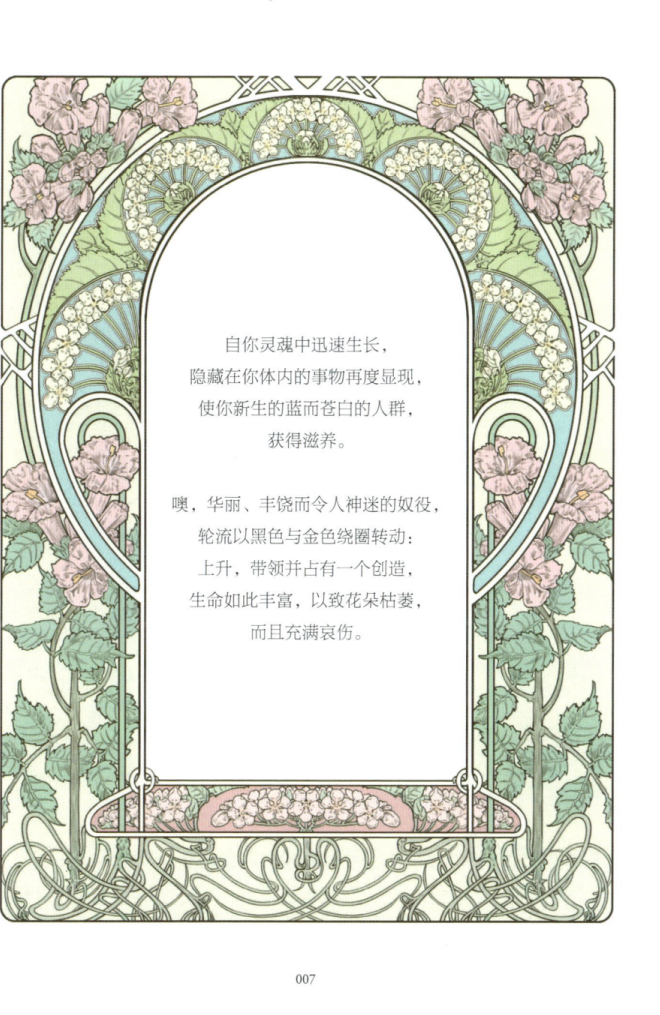

深夜的阡陌上我看见，麦子的耳朵在风的嘴里鸣啊，

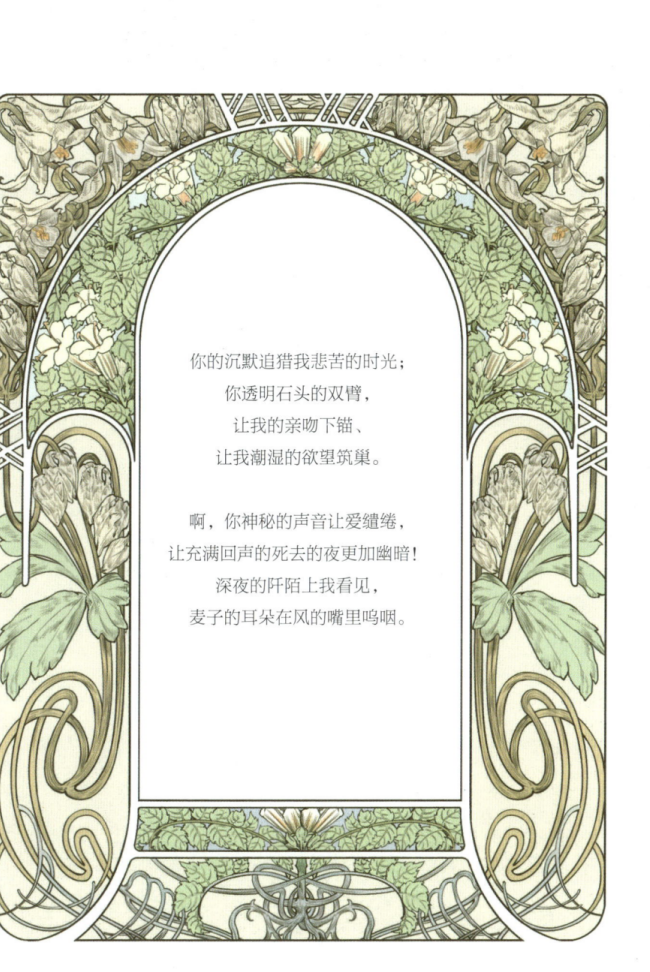

她的千吻，碎裂并沉没，在夏日微风的门上狂击。

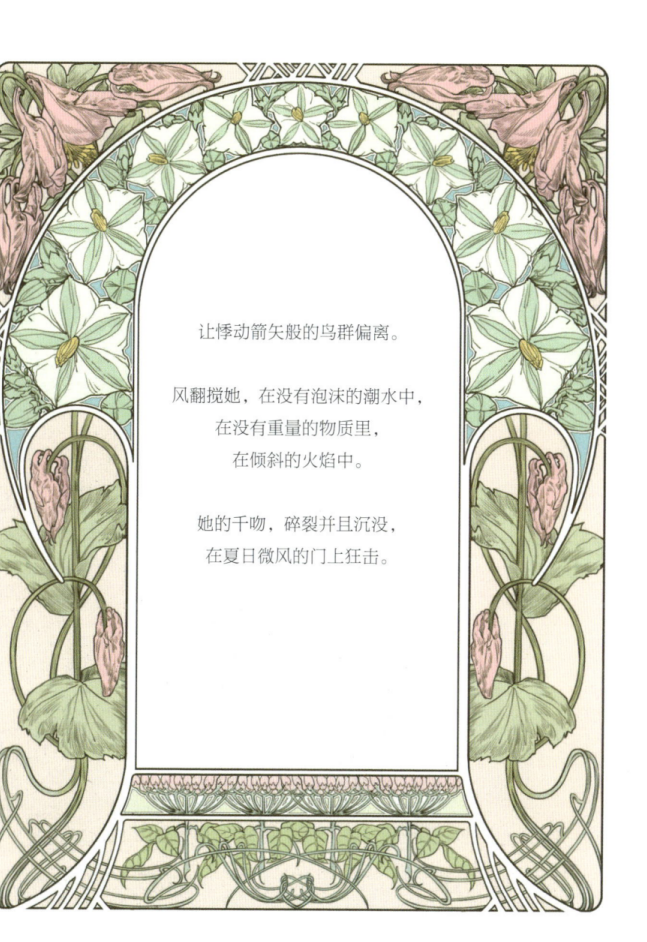

所以你会听见我，我的话语有时转潮，
如沙滩上海鸥行过的痕迹。

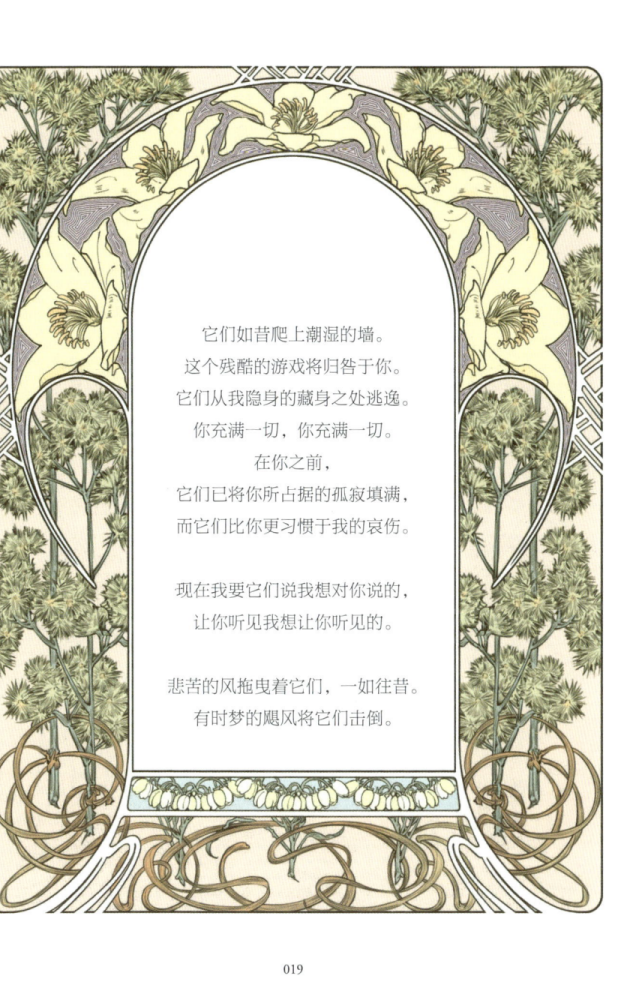

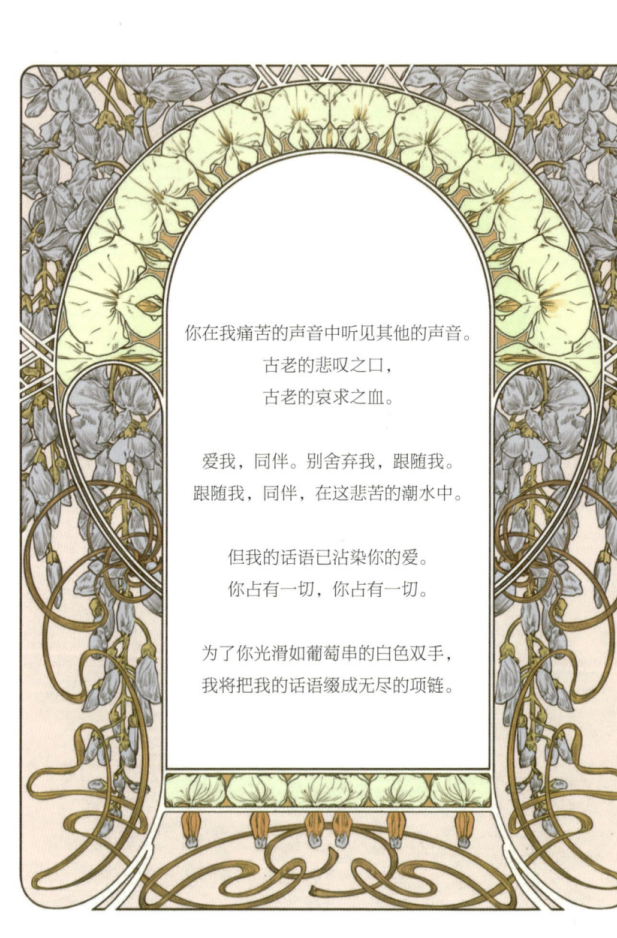

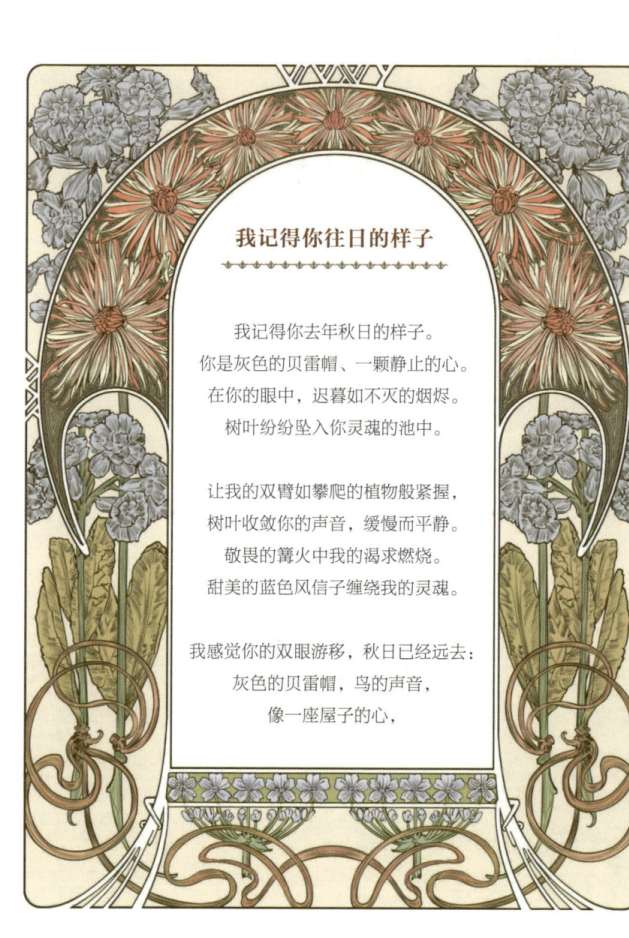

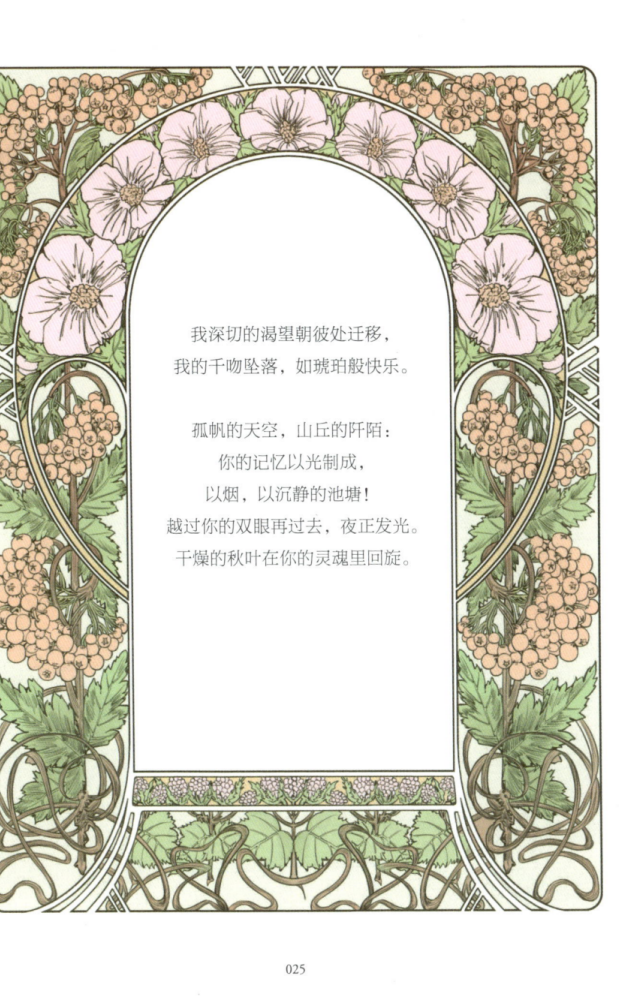

倘身在暮色里，我朝你海洋般的双眼
投掷我哀伤的网。

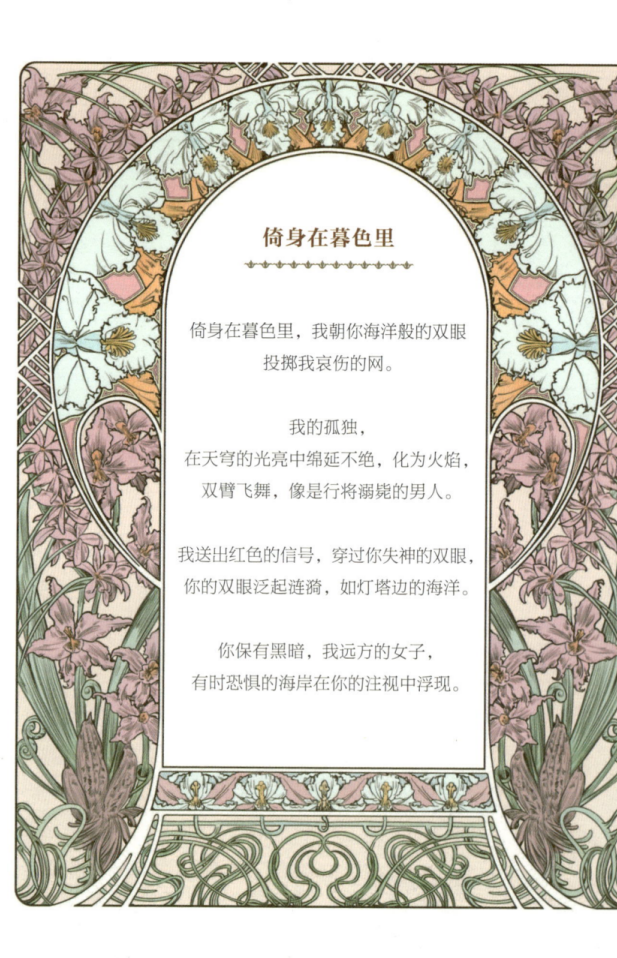

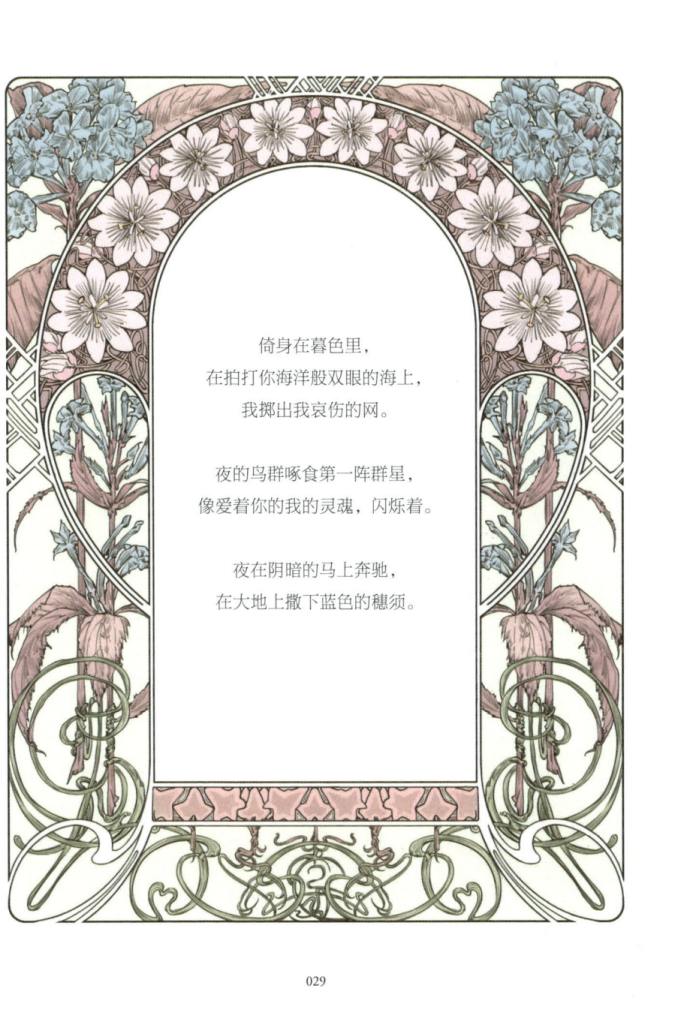

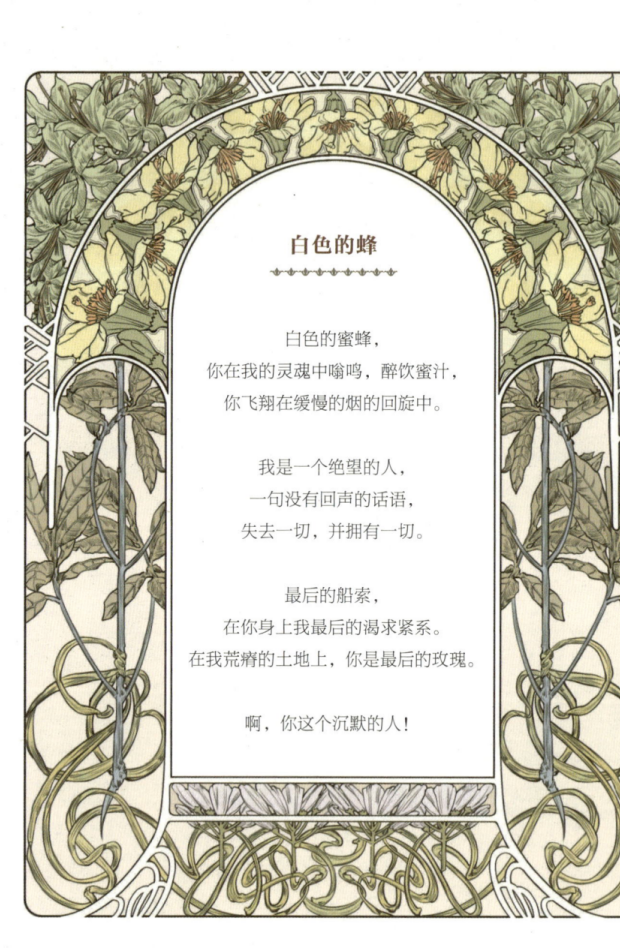

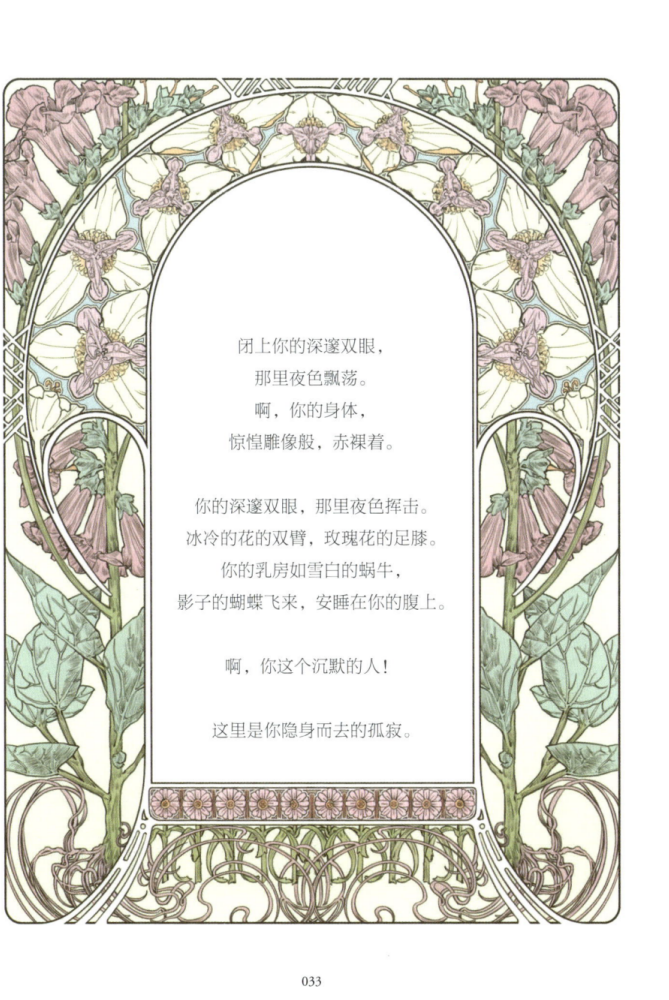

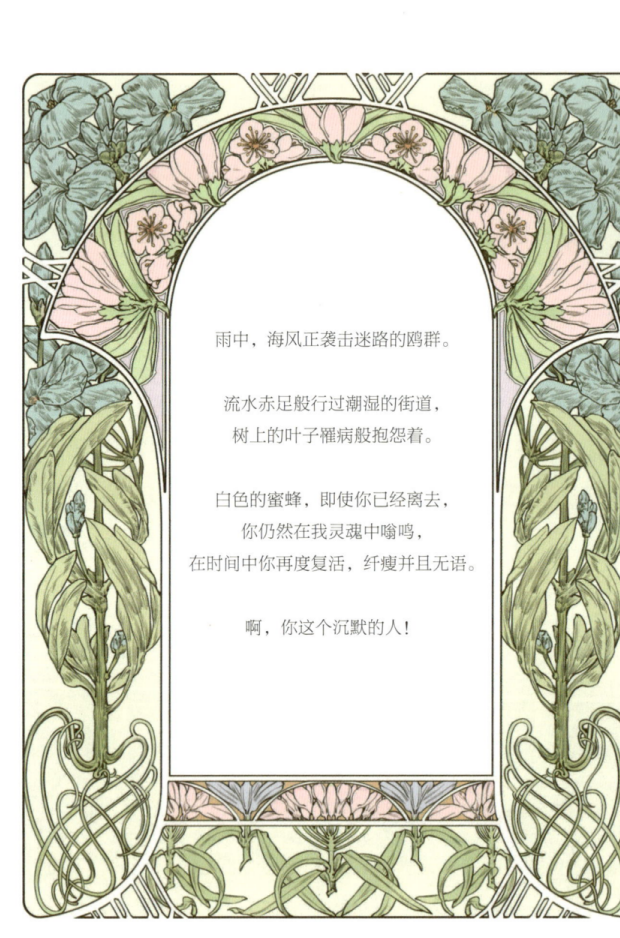

雨中，海风正袭击迷路的鸥群。

流水赤足般行过潮湿的街道，
树上的叶子罹病般抱怨着。

白色的蜜蜂，即使你已经离去，
你仍然在我灵魂中嗡鸣，
在时间中你再度复活，纤瘦并且无语。

啊，你这个沉默的人！

沉醉在松林与深深的千响中，
像夏日般，我引领玫瑰花的快船，
航向瘦弱白日的死亡，陷入我纯粹之海的狂乱里，

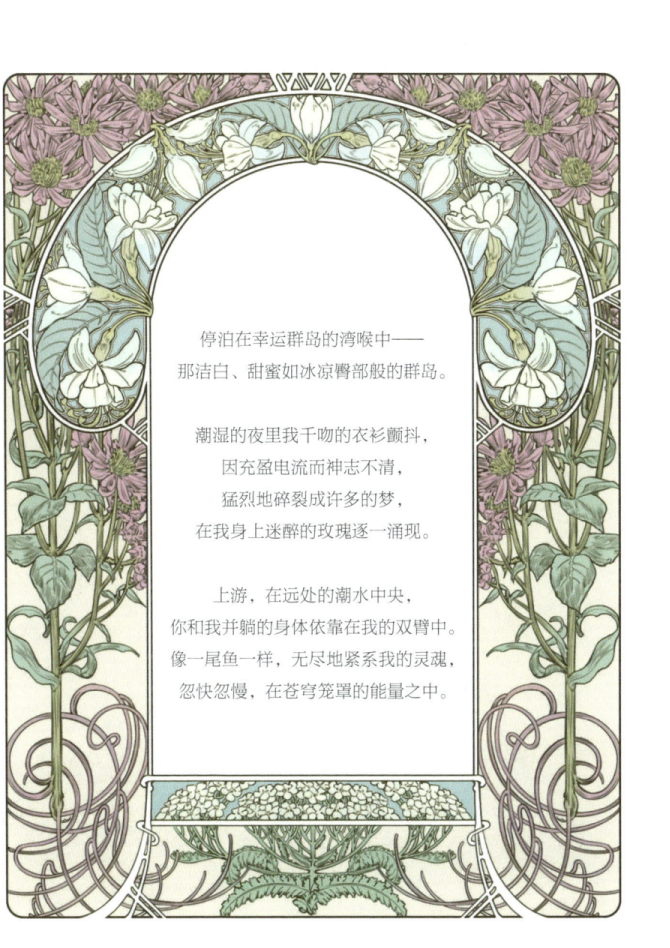

停泊在幸运群岛的湾喉中——
那洁白、甜蜜如冰凉臀部般的群岛。

潮湿的夜里我千吻的衣衫颤抖，
因充盈电流而神志不清，
猛烈地碎裂成许多的梦，
在我身上迷醉的玫瑰逐一涌现。

上游，在远处的潮水中央，
你和我并躺的身体依靠在我的双臂中。
像一尾鱼一样，无尽地紧系我的灵魂，
忽快忽慢，在苍穹笼罩的能量之中。

彼时，你在哪里呢？
那里还有些什么人？
说些什么？
为什么当我哀伤且感觉到你远离时，
全然的爱会突然地来临呢？

暮色中如常发生，书本掉落了下来，
我的披肩像受伤的小狗，蹲躺在脚边。

总是如此，朝暮色抹去雕像的方向，
你总是借黄昏隐没。

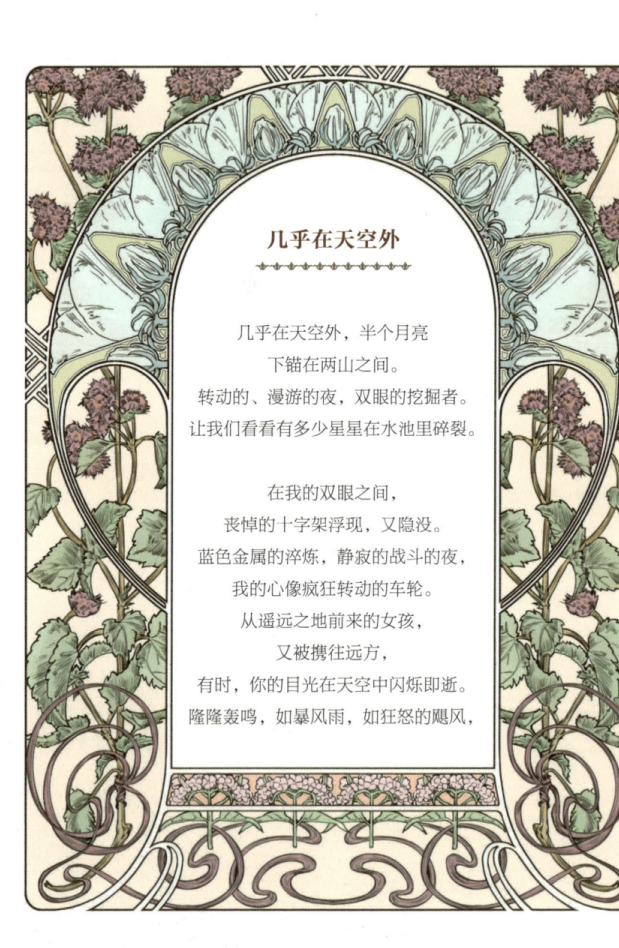

几乎在天空外

几乎在天空外，半个月亮
下锚在两山之间。
转动的、漫游的夜，双眼的挖掘者。
让我们看看有多少星星在水池里碎裂。

在我的双眼之间，
丧悼的十字架浮现，又隐没。
蓝色金属的淬炼，静寂的战斗的夜，
我的心像疯狂转动的车轮。
从遥远之地前来的女孩，
又被携往远方，
有时，你的目光在天空中闪烁即逝。
隆隆轰鸣，如暴风雨，如狂怒的飓风，

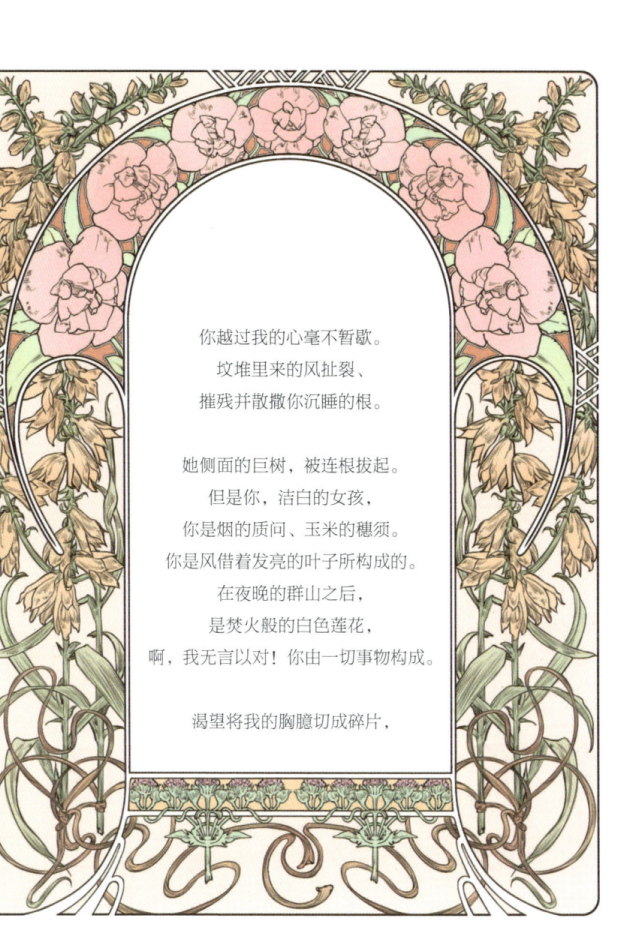

你越过我的心毫不暂歇。
　　坟堆里来的风扯裂、
　　摧残并散撒你沉睡的根。

她侧面的巨树，被连根拔起。
　　但是你，洁白的女孩，
　　你是烟的质问、玉米的穗须。
你是风借着发亮的叶子所构成的。
　　在夜晚的群山之后，
　　是焚火般的白色莲花，
啊，我无言以对！你由一切事物构成。

　　渴望将我的胸臆切成碎片，

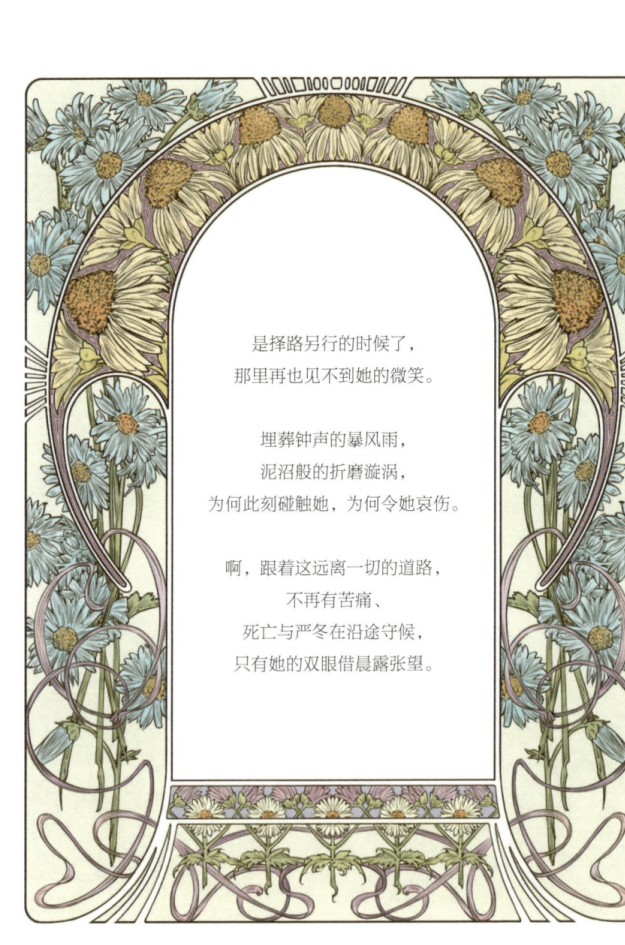

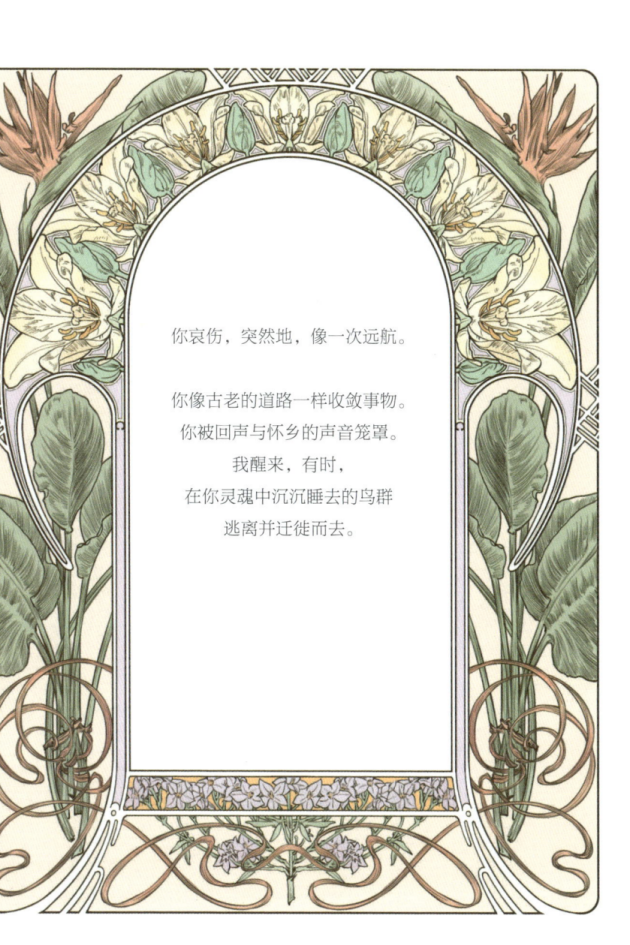

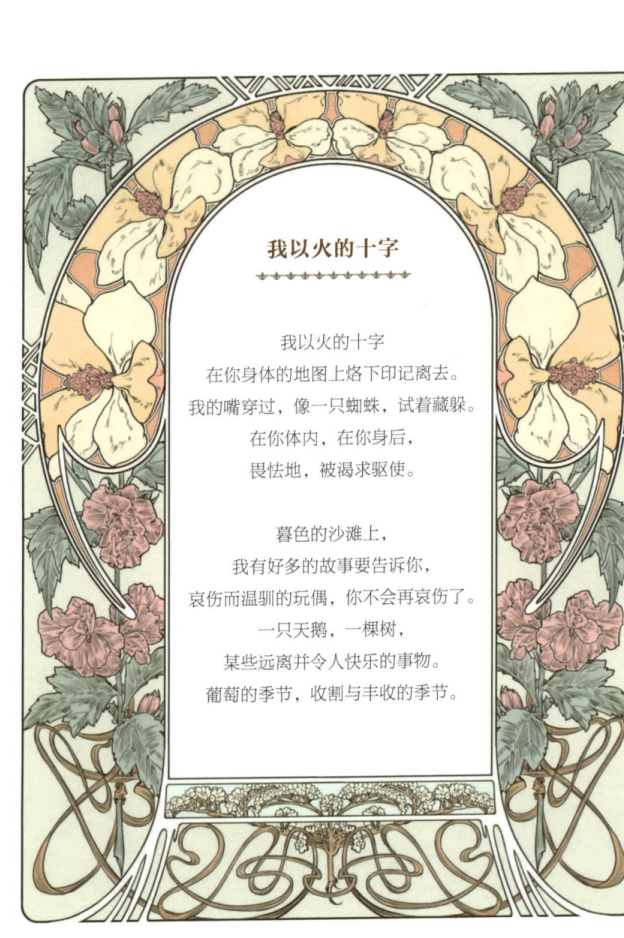

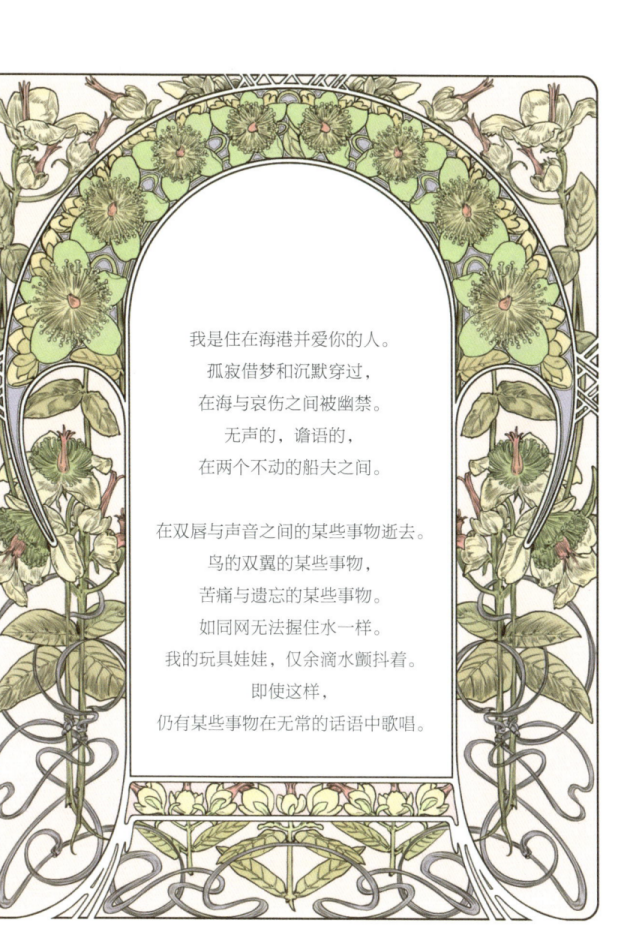

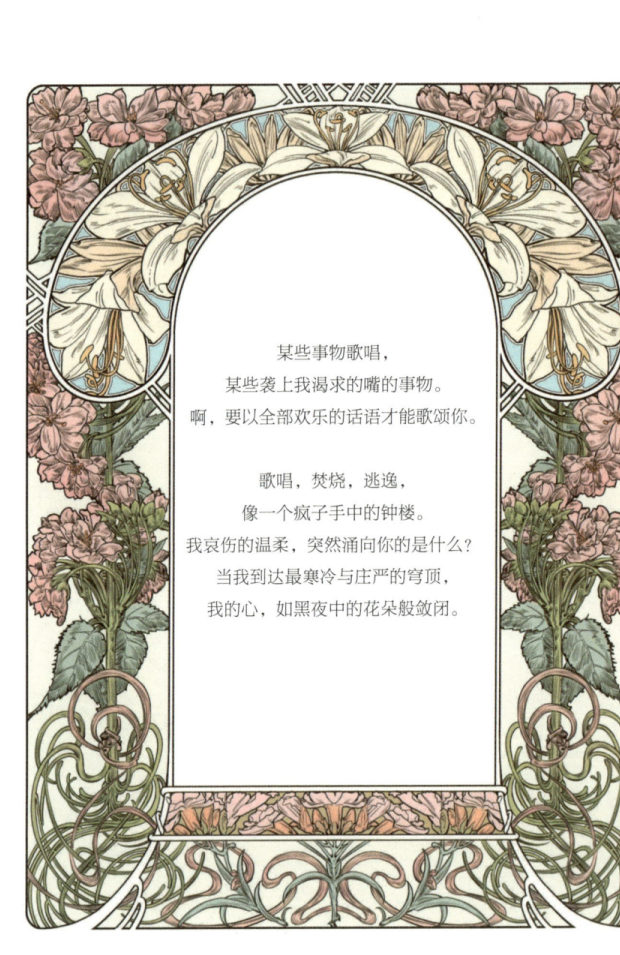

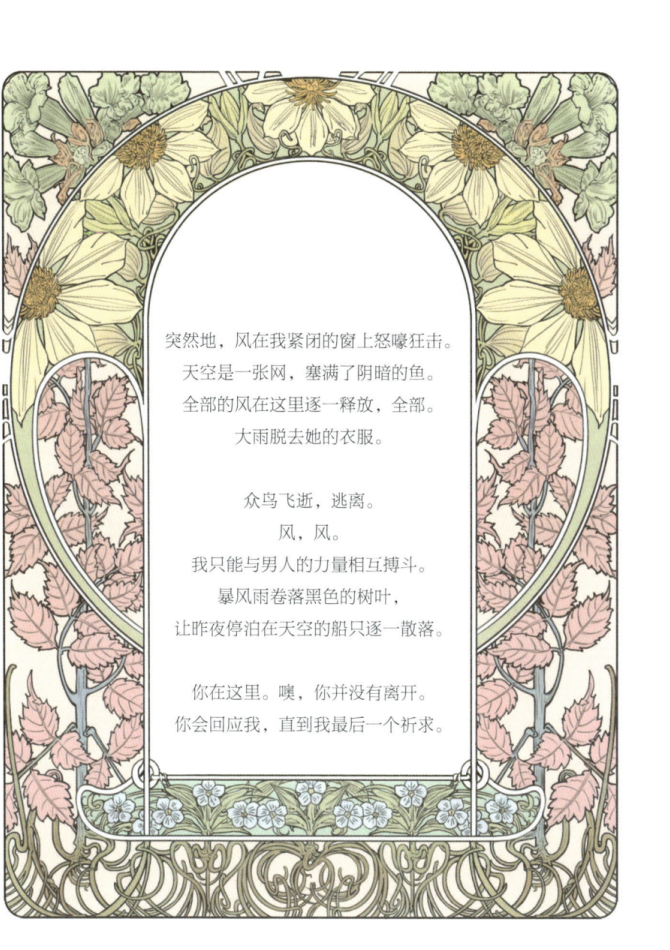

突然地，风在我紧闭的窗上怒嚎狂击。
天空是一张网，塞满了阴暗的鱼。
全部的风在这里逐一释放，全部。
大雨脱去她的衣服。

众鸟飞逝，逃离。
风，风。
我只能与男人的力量相互搏斗。
暴风雨卷落黑色的树叶，
让昨夜停泊在天空的船只逐一散落。

你在这里。噢，你并没有离开。
你会回应我，直到我最后一个祈求。

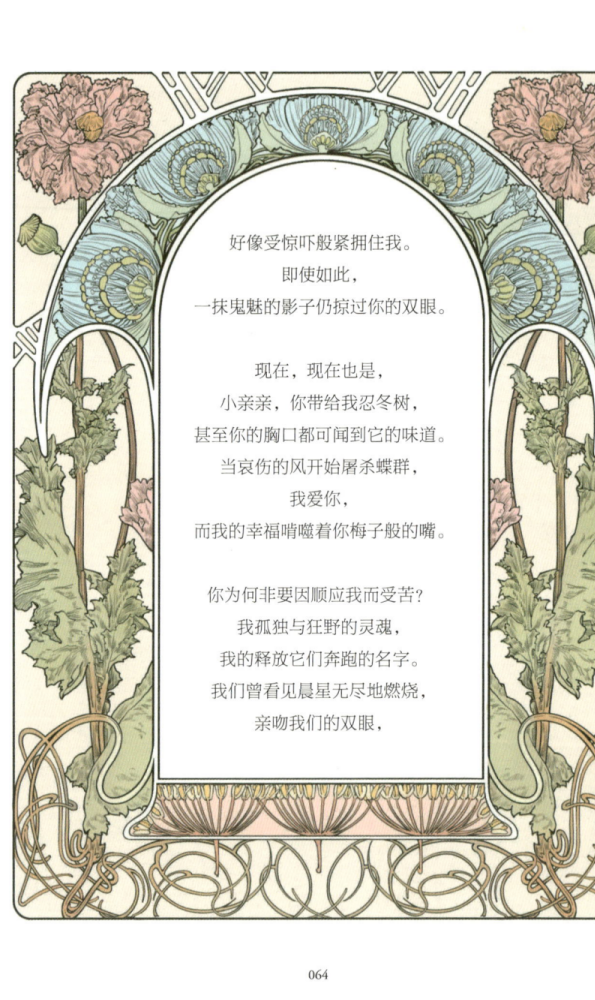

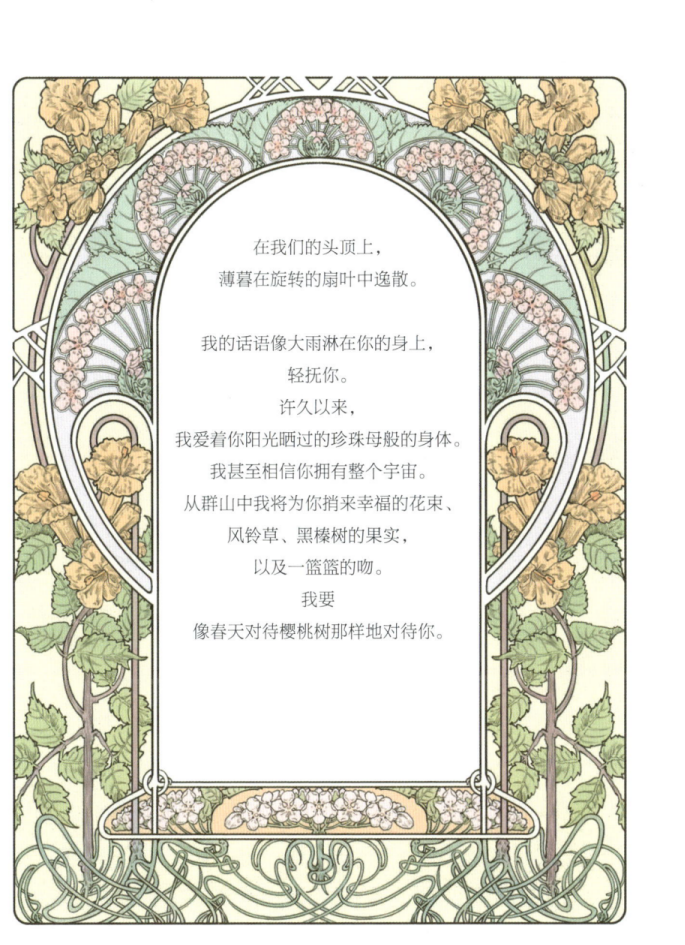

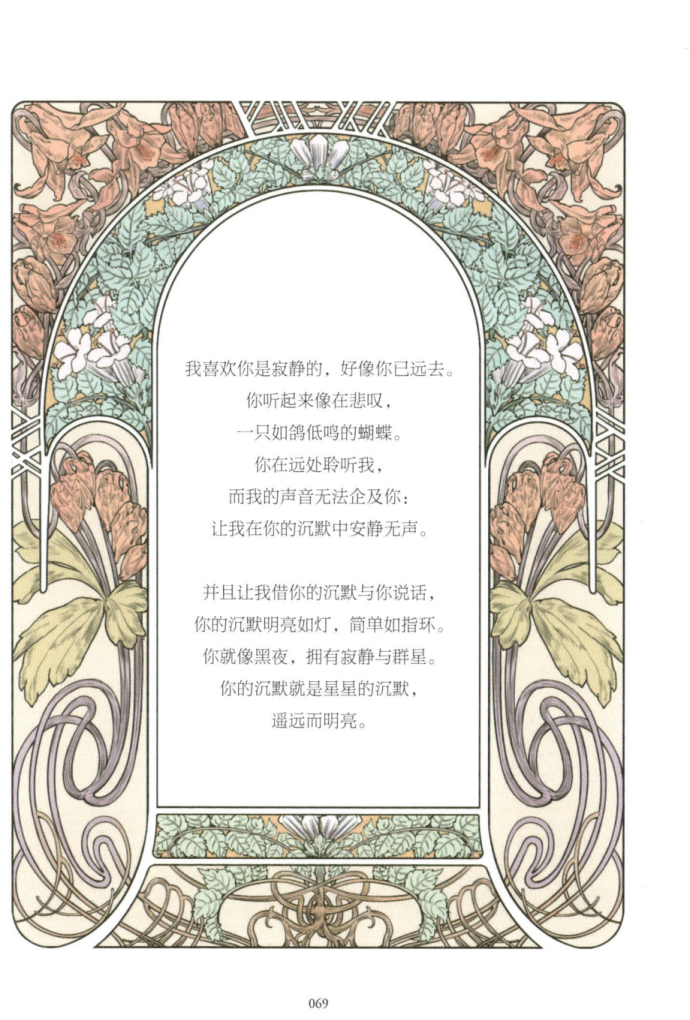

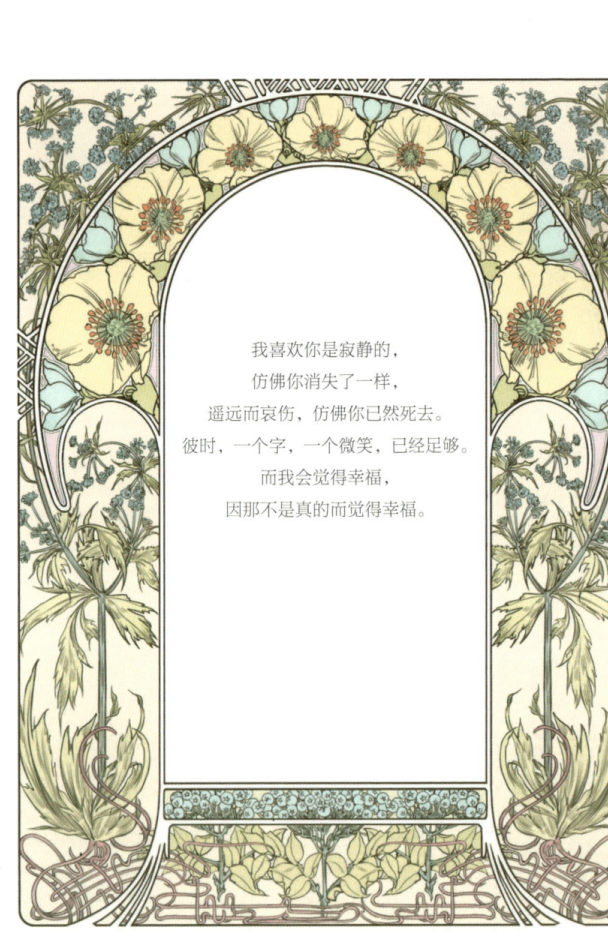

我的灵魂在你哀收双眼的海岸中诞生，
在你的哀悼的双眼里，梦的土地生成。

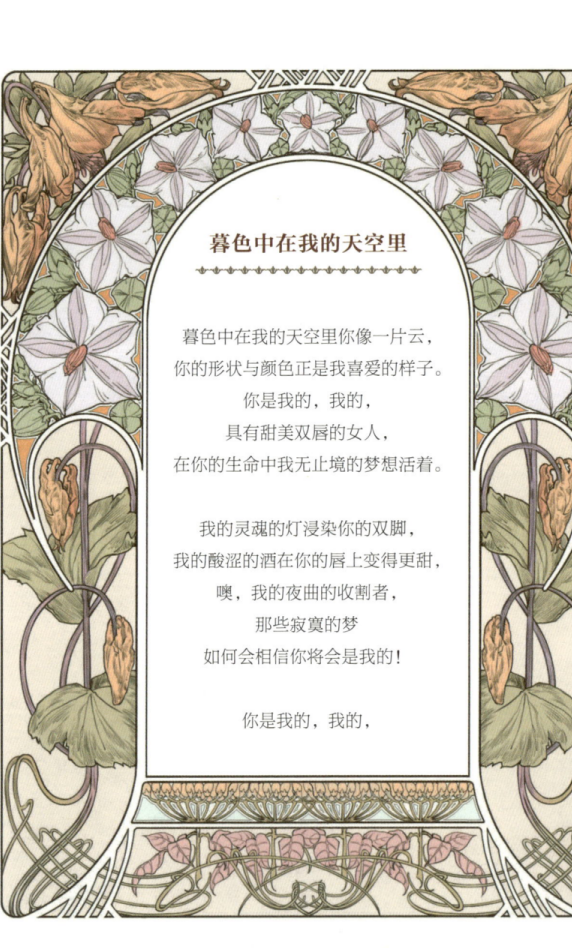

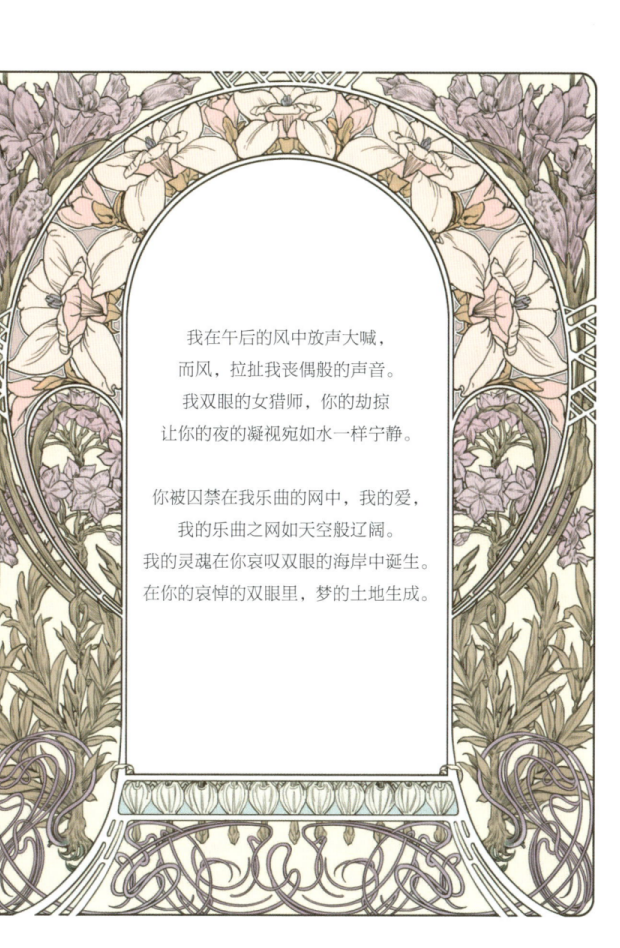

沉思、缠绕的阴影

在深邃孤寂中沉思的、缠绕的阴影。
你离开得远远的，
噢，比任何人更远。
沉思的、解缚的鸟群，
溶暗的影像，埋葬的灯。

雾的钟塔，遥远的，就在那里！
滞闷的悲叹，折磨人的阴暗希望，
无言的磨坊，
夜色沉落，朝你降临，远离了城市。

你的出现是异国的，
如同一件事物一般陌生。

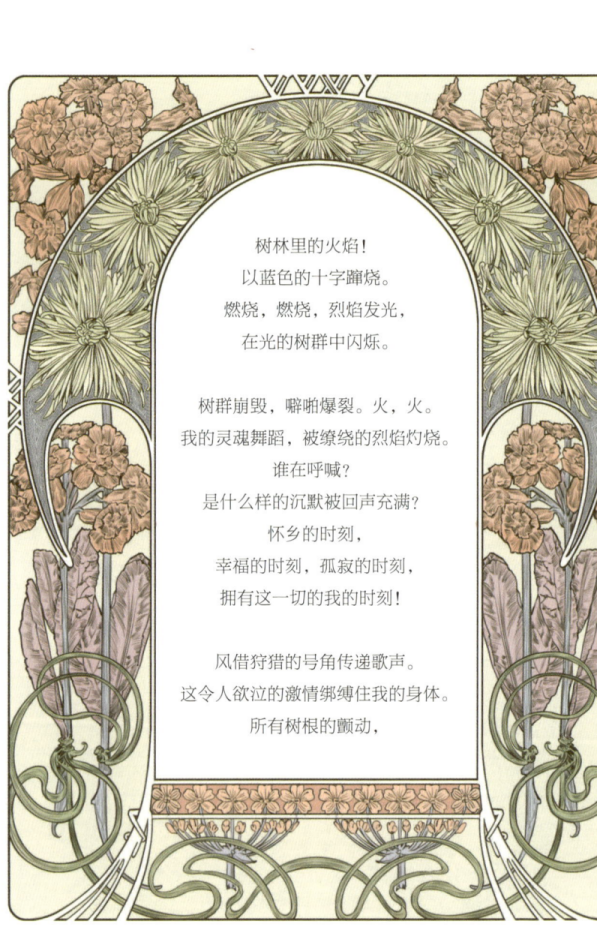

树林里的火焰！
以蓝色的十字蹦烧。
燃烧，燃烧，烈焰发光，
在光的树群中闪烁。

树群崩毁，噼啪爆裂。火，火。
我的灵魂舞蹈，被缭绕的烈焰灼烧。
谁在呼喊？
是什么样的沉默被回声充满？
怀乡的时刻，
幸福的时刻，孤寂的时刻，
拥有这一切的我的时刻！

风借狩猎的号角传递歌声。
这令人欲泣的激情绑缚住我的身体。
所有树根的颤动，

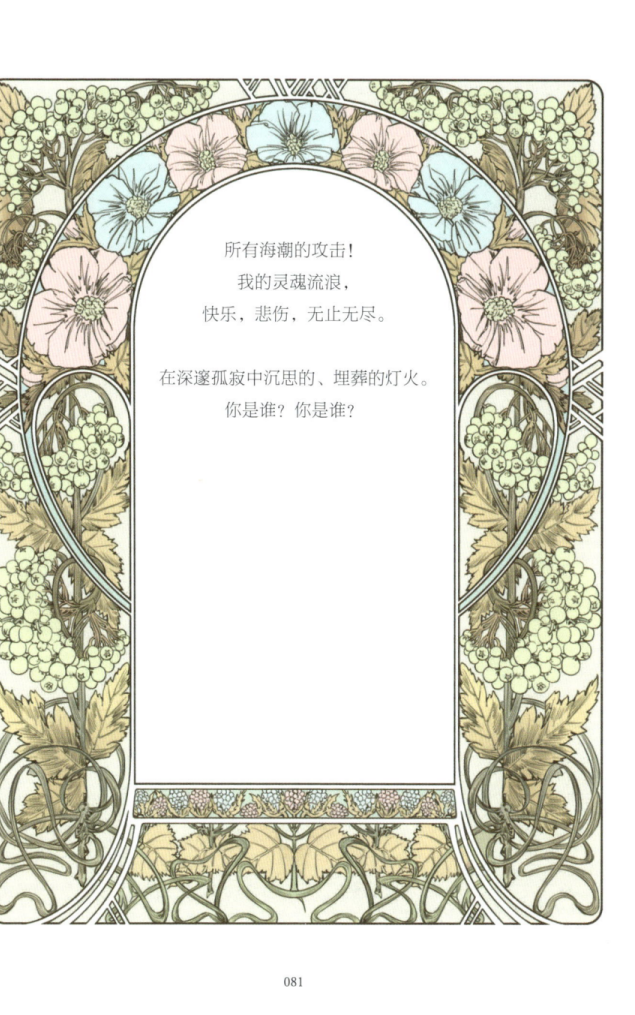

每样事物都把我推得更远，仿佛你就是白昼。
你是蜜蜂的狂乱青春、海潮的醉意、麦穗的蛮力。

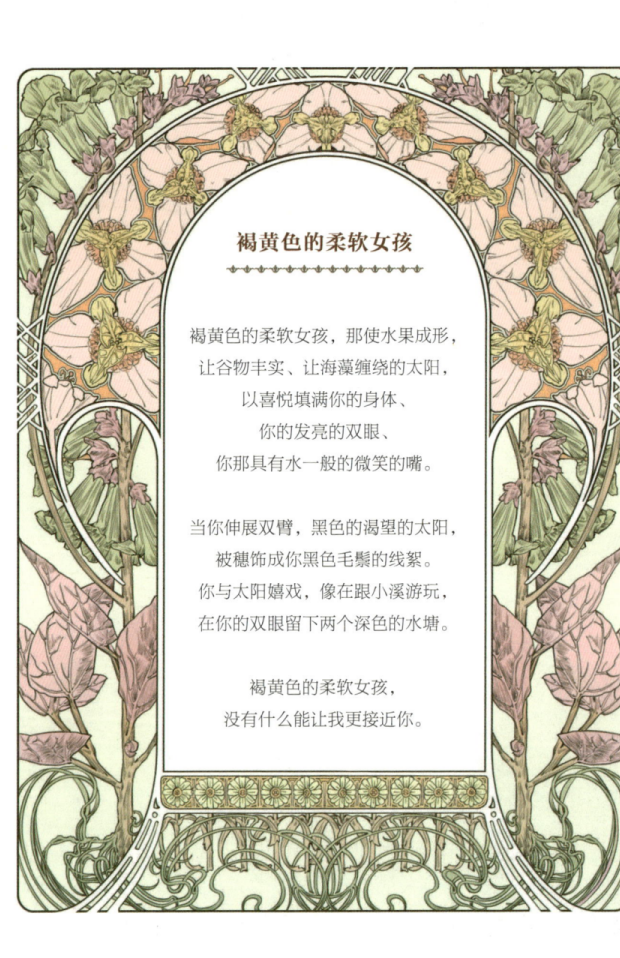

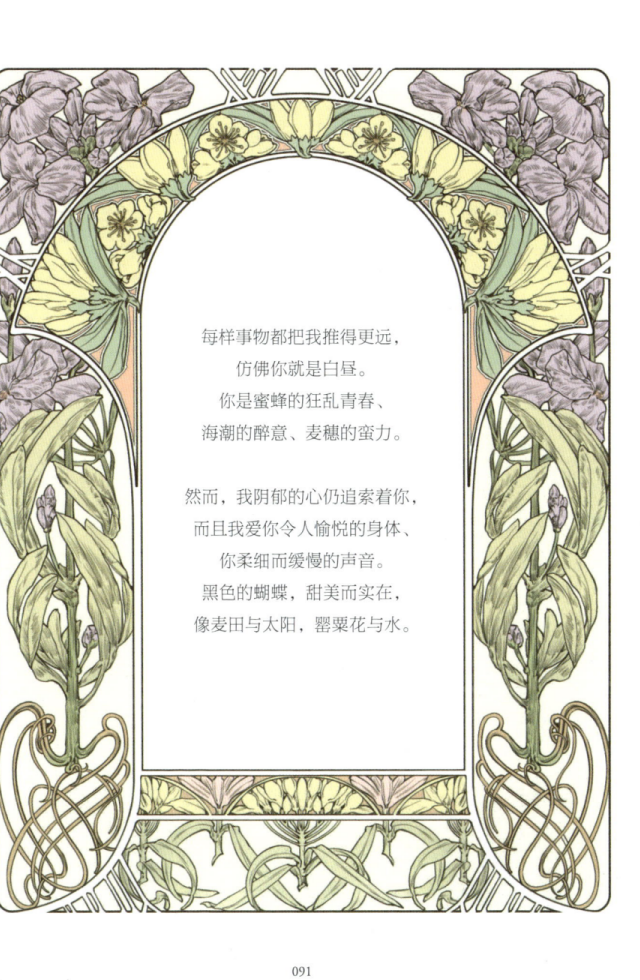

每样事物都把我推得更远，
仿佛你就是白昼。
你是蜜蜂的狂乱青春、
海潮的醉意、麦穗的蛮力。

然而，我阴郁的心仍追索着你，
而且我爱你令人愉悦的身体、
你柔细而缓慢的声音。
黑色的蝴蝶，甜美而实在，
像麦田与太阳，罂粟花与水。

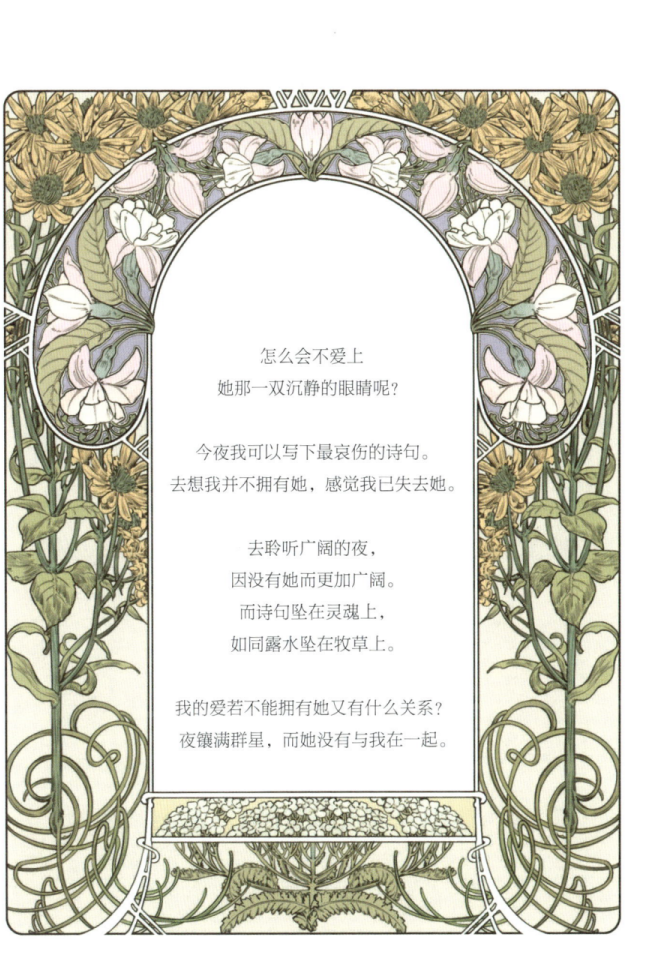

怎么会不爱上
她那一双沉静的眼睛呢？

今夜我可以写下最哀伤的诗句。
去想我并不拥有她，感觉我已失去她。

去聆听广阔的夜，
因没有她而更加广阔。
而诗句坠在灵魂上，
如同露水坠在牧草上。

我的爱若不能拥有她又有什么关系？
夜镶满群星，而她没有与我在一起。

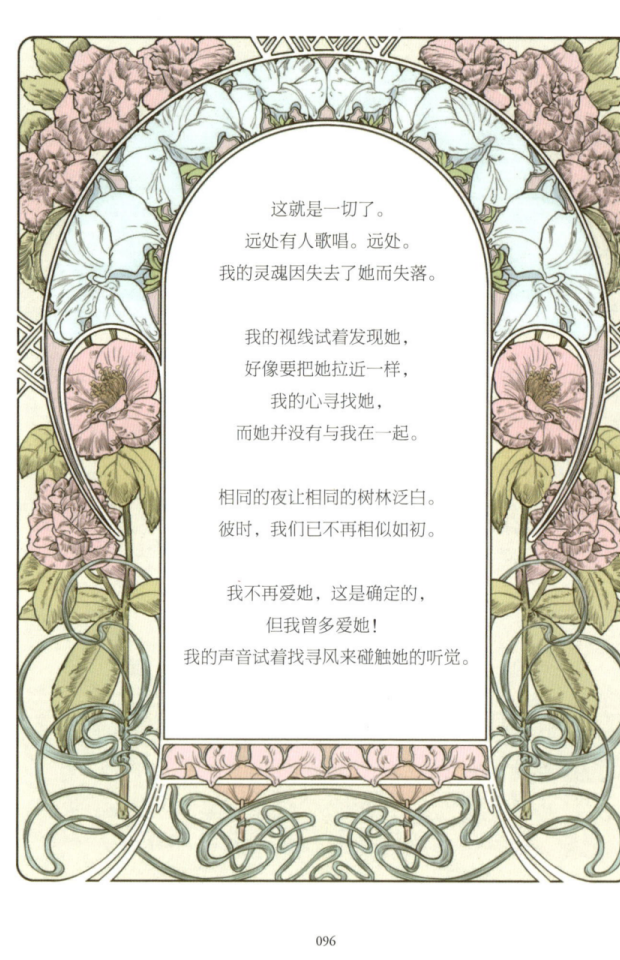

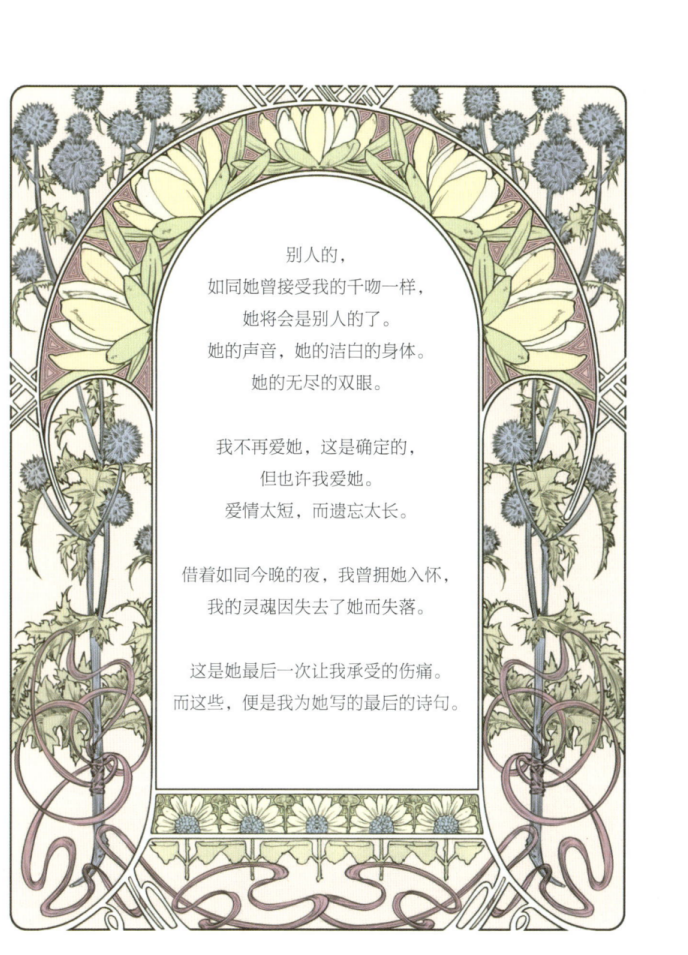

是离开的时刻了。

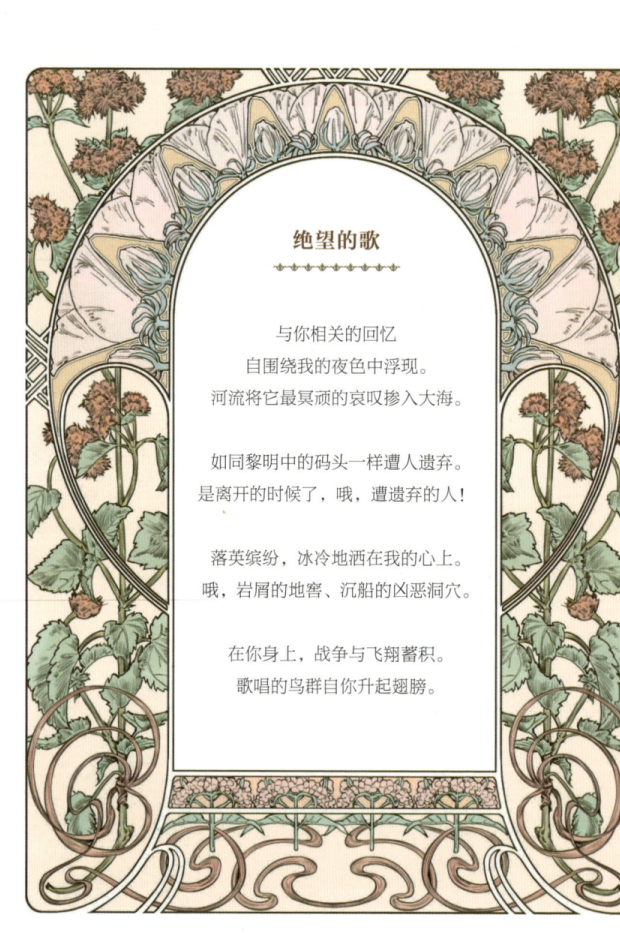

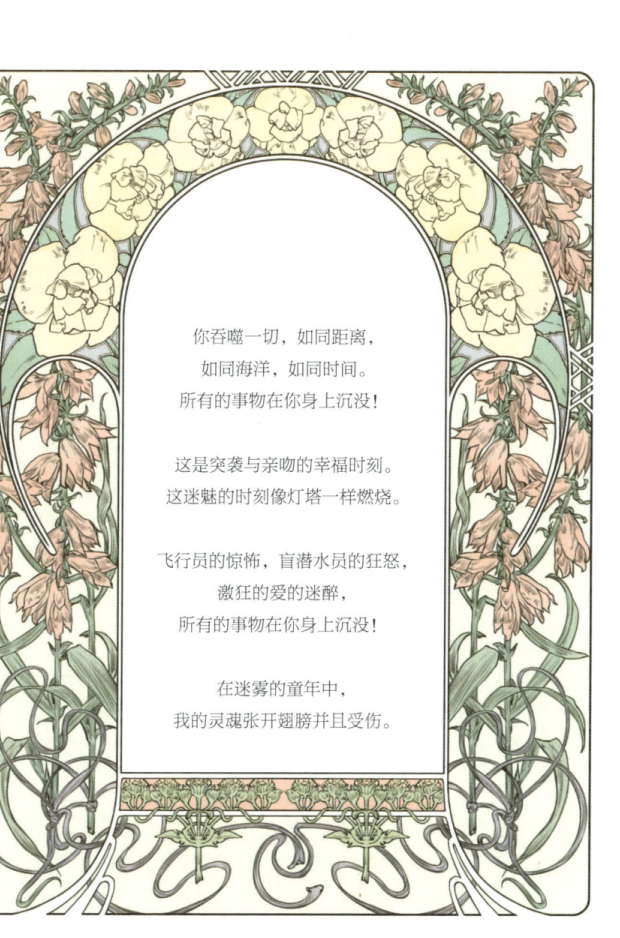

你吞噬一切，如同距离，
如同海洋，如同时间。
所有的事物在你身上沉没！

这是突袭与亲吻的幸福时刻。
这迷魅的时刻像灯塔一样燃烧。

飞行员的惊怖，盲潜水员的狂怒，
激狂的爱的迷醉，
所有的事物在你身上沉没！

在迷雾的童年中，
我的灵魂张开翅膀并且受伤。

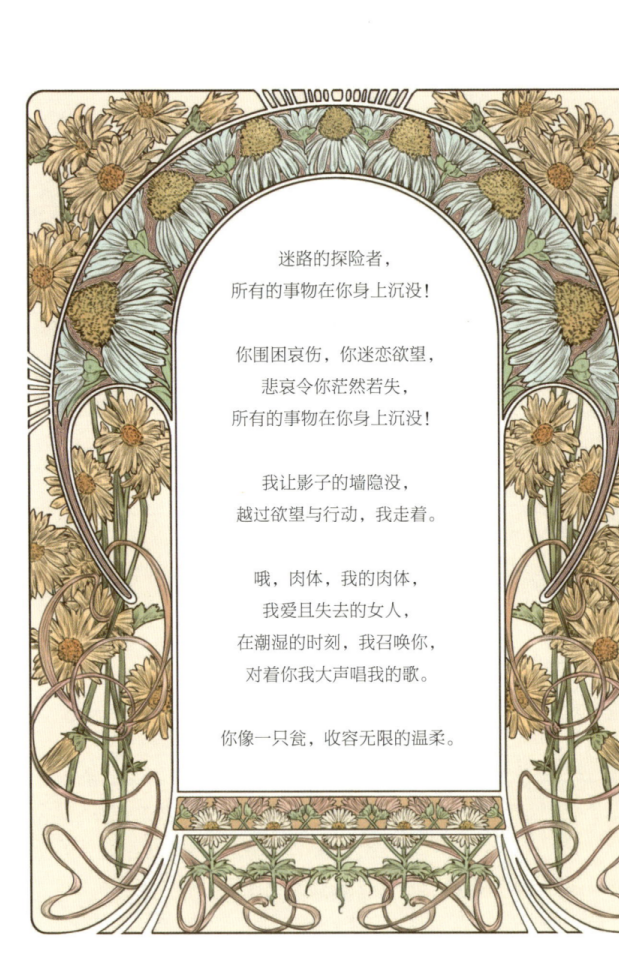

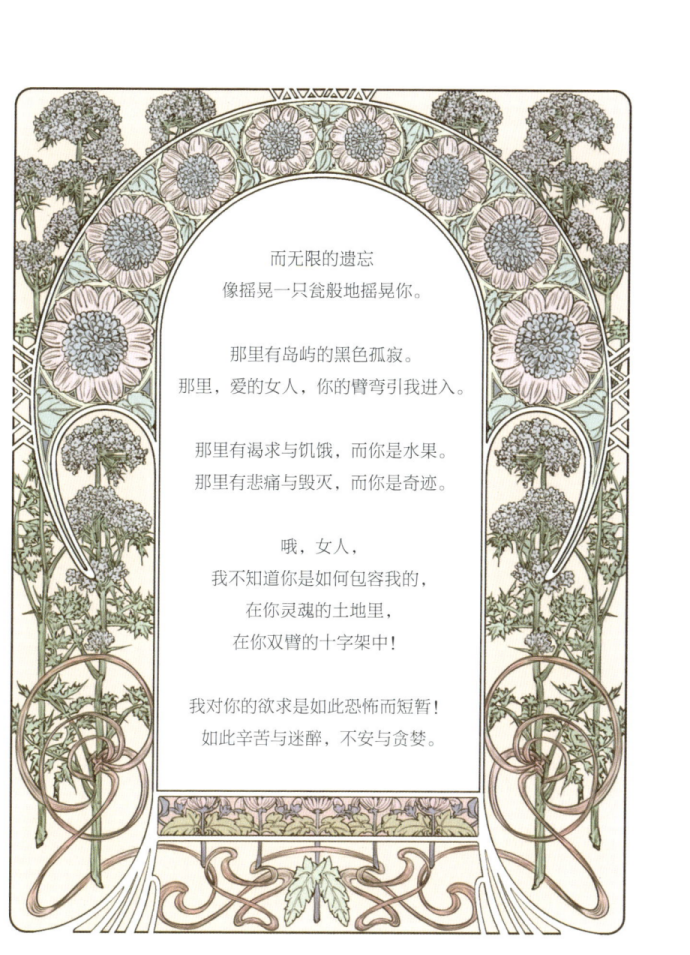

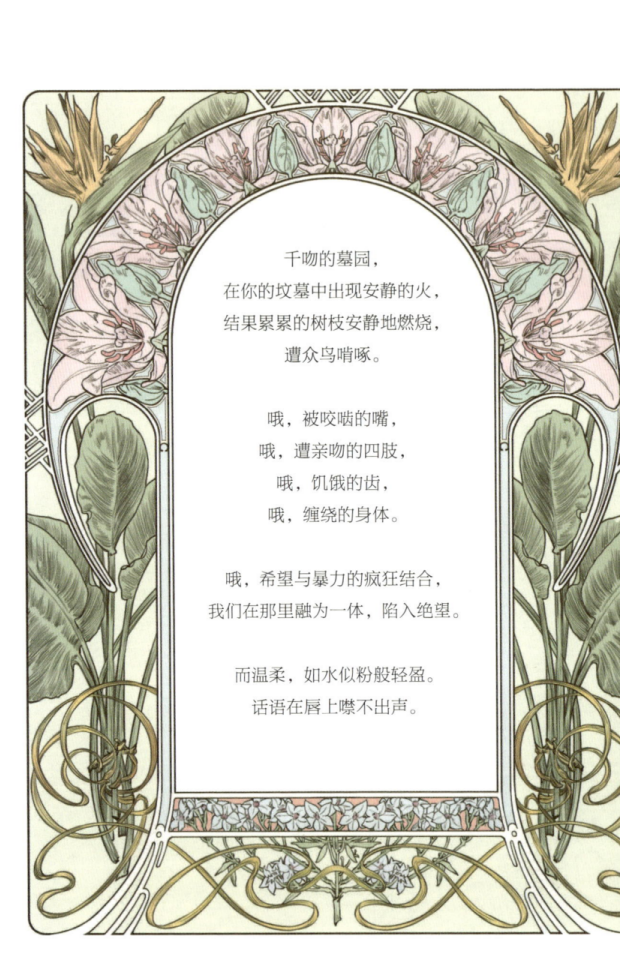

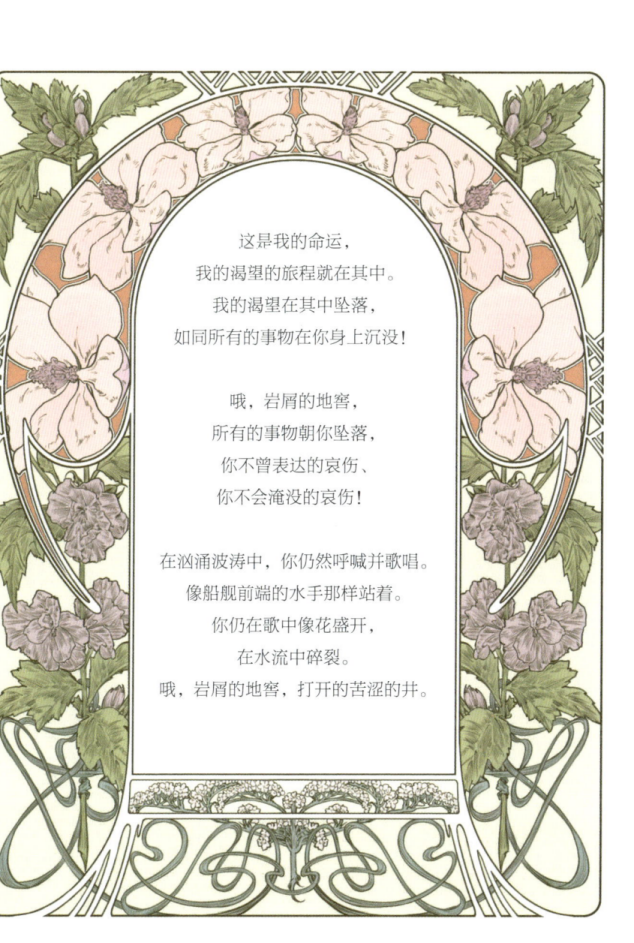

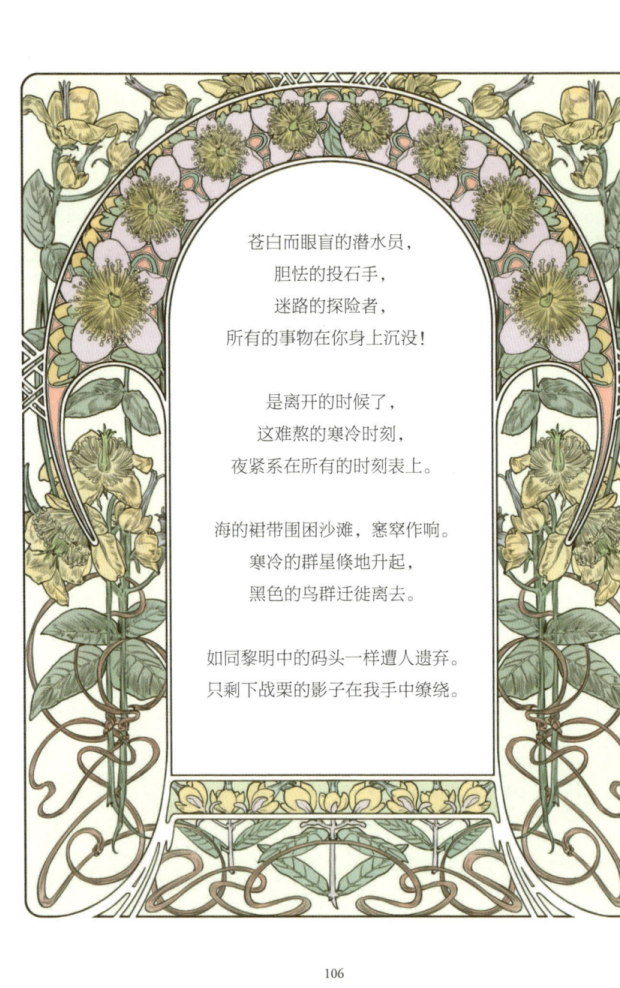

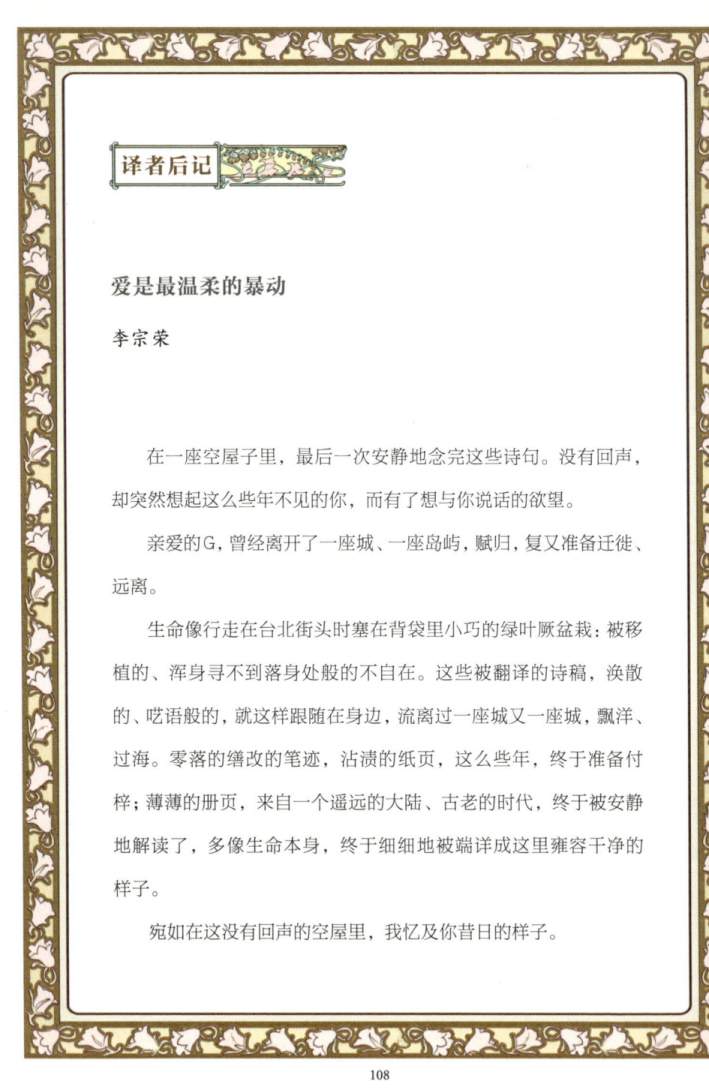

译者后记

爱是最温柔的暴动

李宗荣

在一座空屋子里，最后一次安静地念完这些诗句。没有回声，却突然想起这么些年不见的你，而有了想与你说话的欲望。

亲爱的G，曾经离开了一座城、一座岛屿，赋归，复又准备迁徙、远离。

生命像行走在台北街头时塞在背袋里小巧的绿叶蕨盆栽：被移植的、浑身寻不到落身处般的不自在。这些被翻译的诗稿，涣散的、呢语般的，就这样跟随在身边，流离过一座城又一座城，飘洋、过海。零落的缮改的笔迹，沾渍的纸页，这么些年，终于准备付梓；薄薄的册页，来自一个遥远的大陆、古老的时代，终于被安静地解读了，多像生命本身，终于细细地被端详成这里雍容干净的样子。

宛如在这没有回声的空屋里，我忆及你昔日的样子。

亲爱的 G，生命如果能重来，回到我们的青春时代，这些诗句将会是我愿意对你轻声颂读的。

这本书就是在我识得赋诗之前，第一本要为你手抄的。

Pablo Neruda（巴勃罗·聂鲁达）。那一年的夏日，你从巴黎邮寄回来的信纸里，密密麻麻地详绘了那场工人与学生的大游行：《国际歌》。群众波浪欢呼般地在大街上前后奔驰大声歌唱，宛如球赛胜利的小城里嘉年华般的恣意与高昂。附在信纸间的折叠方正的游行传单，一首诗，一首聂鲁达的诗。

还有谁更适合向我们绝望而美的青春述说革命与爱？

生命如果能重来，那一年稚气的我们携手侧身于台北万千群众的游行行列中高声歌唱《国际歌》时，我们的棉布书包里偷偷放置的诗集，就该是这一本而不是其他人的。

但生命毕竟无法重来。

那样的纯真时代，无声息地远去。一场从不曾存在的革命，如不被解读的厚厚的典籍、一首被颂读而没有回声的诗……

而我们逝去的洁净青春与爱，留下了少了这一本诗集的缺憾。

一个字、一个句子、一首诗……亲爱的 G，这最后一次的誊写，我仿佛在聂鲁达的悲痛的诉说里感觉到那与古老的青春时代的神秘牵连，静坐案前，一句句被回忆咀嚼……

亲爱的G，这是一本有关爱与欲求、绝望与救赎的诗集。

迁延爱欲，驰逐生死。20岁，1924年的聂鲁达。那是一个为爱狂执、为欲迷魅的年纪吧。

智利南方贫穷山脚下长大的年轻人，拎了几件衣物，披上了潮湿的斗篷，坐上了一列三等客舱的火车，来到首都圣地亚哥

拥挤的校园街道，收容了他身无分文的波希米亚式的生命。疲长而高颀，一个苍白而浪漫的年轻诗人，经常戴着披风与宽边的帽子闲逛于街道。

亲爱的G，这样的诗人形象，让我想起了我们耽爱的普契尼的《波希米亚人》里的鲁道夫，在诗歌的王国里，自比为丰美国度之王，在贫穷里赋诗，在绝望里诉爱。

那时他熟读象征主义诗，已经习于用整个下午，耽读窗外的景致。

"这是一本悲痛的诗集，充满我年轻时最折磨人的激情，以及我南方家乡迷人的景致。我爱这本书，因为即使它充满如此多的忧愁，生命的喜悦却又如此活生生地表现其中。"聂鲁达在自传里如此回忆着。

情诗，必有赋诗者爱欲的秘密托付：因为有爱之人，所以动情，

所以为诗。

诗里，两个他爱的女孩隐身其中。Marisol，"海与太阳"；Marisombra，"海与阴影"。Marisol是南方家乡的情人，硕圆的双眼如家乡潮湿的天空。那些田园诗般的景致，如夜晚的群星、辽阔的港湾以及山岰上半沉的月，全在托付聂鲁达对Marisol的爱恋。

而Marisombra是"一只灰色的贝雷帽、一颗静止的心"，她是诗人在圣地亚哥学校里的初识，象征着城市生活的热情与寂寞。

拆解聂鲁达自传的字里行间，发现她是个拥有温柔双眼的女子。在聂鲁达随心所欲、无忧无虑的学生生活里，他们常在城市隐蔽而安静的角落，静静地拥有彼此肉体的耽溺与平静。

亲爱的G，这本诗集里的聂鲁达的爱欲渴求如此激情与原始、素朴与纯真，这大概也是不曾再在他往后的作品中出现的了。

这么器官式的描写，他对女人的爱是肉体的、直觉的，充满了忍冬树的香味与星群般的触觉。

之于聂鲁达，女人与性爱，是孤单的男体朝母亲大地永恒的回归之路，是朝向结合、解放与救赎的秘途。

"在你体内众河低吟，我的灵魂消逝其中，如你渴求，被你带到你所愿之处。在你的希望之弓上，我瞄准我的去路，一阵狂热中，释放所有的箭束。"

他的爱又是激情与狂暴的糅合，被强烈的占有欲驱使的一个雄性支配者：暴烈的劫取如"粗犷的农夫的肉身"，如牢固的船索，如在肉身上烙下欲望的火的十字。

这也是一本尽诉了哀伤与平静的温柔诗集。此时的聂鲁达是孤独而疲意的，细细咀嚼失落恋人的落寞与平淡：

"暮色中如常发生，书本掉落了下来……总是如此，朝暮色抹去雕像的方向，你总是借黄昏隐没。"

这更是一本没有对话的、独白的诗集。渴望被了解的孤独，化为抒情诗的喃喃自语。

亲爱的G，我们不复回的年轻生命，就这样留下了少了这一本诗集的遗憾。

生命毕竟无法重来，这是造物之神给我们的永恒的缺憾。但我们有诗，诗能联结生命中离散的时光、命运乖违的虚无。这会不会就是造物主无意中示显的那通往喜悦与充足密径的恩赐？

此时之我，自觉是一卑微之译者，如伏案的修士，抄写解读那密仪的经文，那些隐匿于文字间的爱与青春的秘密，那深奥的生命的咒语。

我只能借死者之口，与我们沉默的过去相对话。生命曾因青春这唯一的公约数而有了神秘的联系，我虔敬地相信着。颂读聂鲁达，仿佛将是我们逝去青春的最后降灵会。

一个字、一个句子、一首诗，已无回声，安静地为记忆咀嚼。

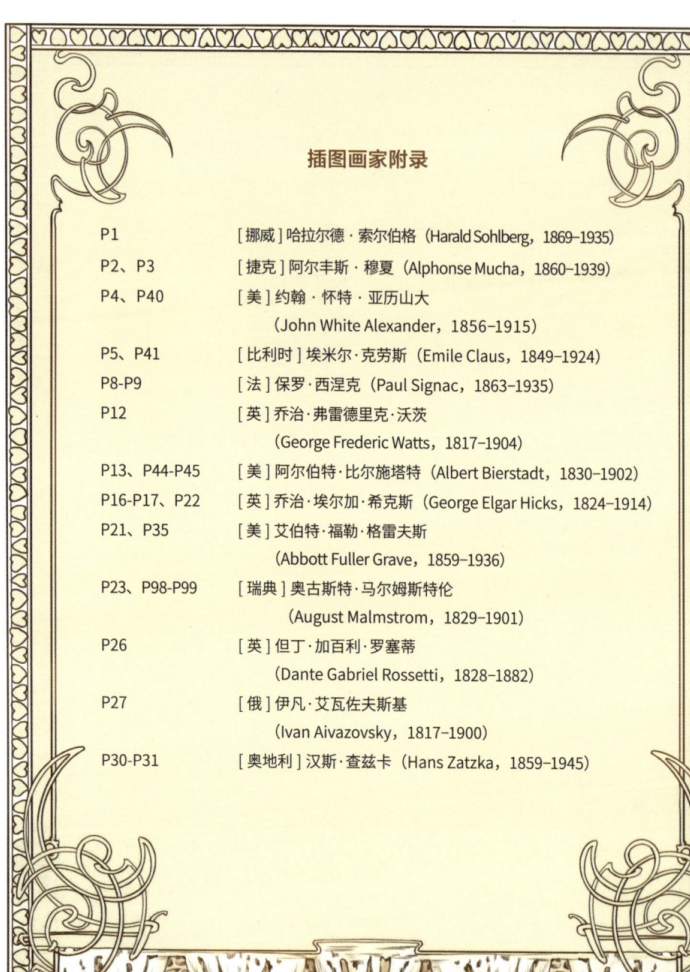

插图画家附录

P1　　　　[挪威]哈拉尔德·索尔伯格（Harald Sohlberg，1869-1935）

P2、P3　　[捷克]阿尔丰斯·穆夏（Alphonse Mucha，1860-1939）

P4、P40　　[美]约翰·怀特·亚历山大

　　　　　　（John White Alexander，1856-1915）

P5、P41　　[比利时]埃米尔·克劳斯（Emile Claus，1849-1924）

P8-P9　　　[法]保罗·西涅克（Paul Signac，1863-1935）

P12　　　　[英]乔治·弗雷德里克·沃茨

　　　　　　（George Frederic Watts，1817-1904）

P13、P44-P45　[美]阿尔伯特·比尔施塔特（Albert Bierstadt，1830-1902）

P16-P17、P22　[英]乔治·埃尔加·希克斯（George Elgar Hicks，1824-1914）

P21、P35　　[美]艾伯特·福勒·格雷夫斯

　　　　　　（Abbott Fuller Grave，1859-1936）

P23、P98-P99　[瑞典]奥古斯特·马尔姆斯特伦

　　　　　　（August Malmstrom，1829-1901）

P26　　　　[英]但丁·加百利·罗塞蒂

　　　　　　（Dante Gabriel Rossetti，1828-1882）

P27　　　　[俄]伊凡·艾瓦佐夫斯基

　　　　　　（Ivan Aivazovsky，1817-1900）

P30-P31　　[奥地利]汉斯·查兹卡（Hans Zatzka，1859-1945）

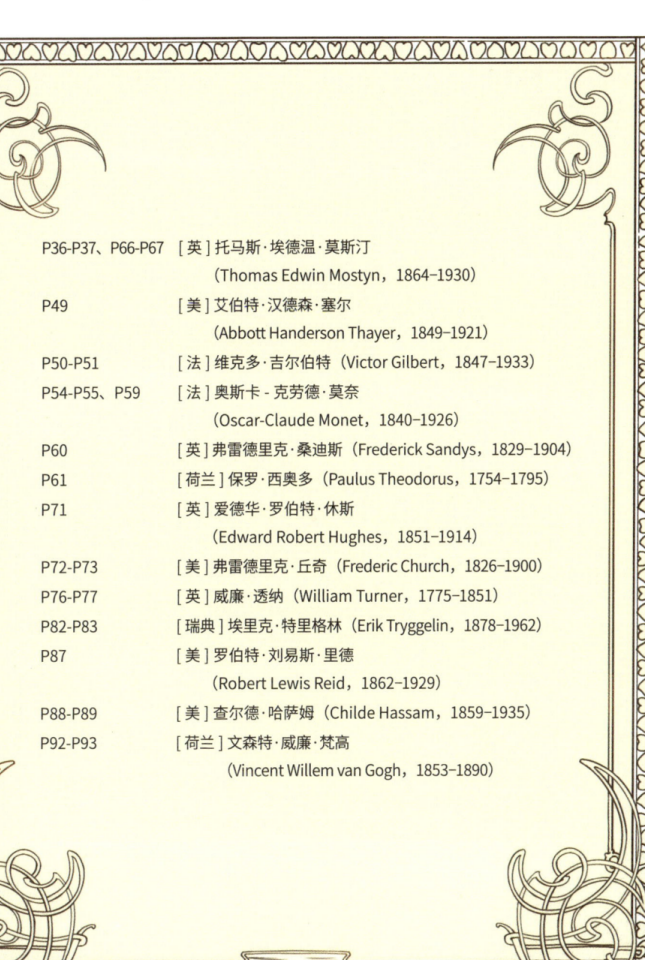

P36-P37、P66-P67 [英] 托马斯·埃德温·莫斯汀

(Thomas Edwin Mostyn, 1864-1930)

P49 [美] 艾伯特·汉德森·塞尔

(Abbott Handerson Thayer, 1849-1921)

P50-P51 [法] 维克多·吉尔伯特 (Victor Gilbert, 1847-1933)

P54-P55、P59 [法] 奥斯卡 - 克劳德·莫奈

(Oscar-Claude Monet, 1840-1926)

P60 [英] 弗雷德里克·桑迪斯 (Frederick Sandys, 1829-1904)

P61 [荷兰] 保罗·西奥多 (Paulus Theodorus, 1754-1795)

P71 [英] 爱德华·罗伯特·休斯

(Edward Robert Hughes, 1851-1914)

P72-P73 [美] 弗雷德里克·丘奇 (Frederic Church, 1826-1900)

P76-P77 [英] 威廉·透纳 (William Turner, 1775-1851)

P82-P83 [瑞典] 埃里克·特里格林 (Erik Tryggelin, 1878-1962)

P87 [美] 罗伯特·刘易斯·里德

(Robert Lewis Reid, 1862-1929)

P88-P89 [美] 查尔德·哈萨姆 (Childe Hassam, 1859-1935)

P92-P93 [荷兰] 文森特·威廉·梵高

(Vincent Willem van Gogh, 1853-1890)

图书在版编目（CIP）数据

二十首情诗与绝望的歌/（智）巴勃罗·聂鲁达著；
李宗荣译．--南京：江苏凤凰文艺出版社，2024.4（2025.7重印）

ISBN 978-7-5594-7404-9

Ⅰ．①二… Ⅱ．①巴…②李… Ⅲ．①诗集－智利－
现代 Ⅳ．①I784.25

中国国家版本馆 CIP 数据核字（2024）第 049703 号

二十首情诗与绝望的歌

[智] 巴勃罗·聂鲁达 著　李宗荣 译

责任编辑　白 涵
特约编辑　穆 晨　谢佳卿　王周林
装帧设计　Recns
责任印制　杨 丹
出版发行　江苏凤凰文艺出版社
南京市中央路 165 号，邮编：210009
网址　http://www.jswenyi.com
印刷　天津联城印刷有限公司
开本　880 毫米 × 1230 毫米　1/32
印张　3.75
字数　47 千字
版次　2024 年 4 月第 1 版
印次　2025 年 7 月第 7 次印刷
书号　ISBN 978-7-5594-7404-9
定价　59.80 元

江苏凤凰文艺版图书凡印刷、装订错误，可向出版社调换，联系电话：025-83280257